LA REVOLUCIÓN FRANCESA

CONTADA PARA NIÑOS

RAMÓN D. TARRUELLA
ILUSTRACIONES: MATÍAS LAPEGÜE

LA REVOLUCIÓN FRANCESA
CONTADA PARA NIÑOS
es editado por
EDICIONES LEA S.A.
Av. Dorrego 330 C1414CJQ
Ciudad de Buenos Aires, Argentina.
E–mail: info@edicioneslea.com
Web: www.edicioneslea.com

ISBN 978-987-718-515-7

Primera edición. Primera reimpresión. Impreso en Argentina.
Julio de 2021. Casano Gráfica S.A.

Tarruella, Ramón D.
La revolución francesa : contada para niños / Ramón D. Tarruella ; ilustrado por Matías Lapegüe. - 1a ed . 1a reimp - Ciudad Autónoma de Buenos Aires : Ediciones Lea, 2021.
64 p. : il. ; 24 x 17 cm. - (La brújula y la veleta ; 25)

ISBN 978-987-718-515-7

1. Revolución. 2. Historia. I. Lapegüe, Matías , ilus. II. Título.
CDD 909.7

Un cuento fascinante

Te proponemos conocer una historia increíble, la de la Revolución Francesa, que conmovió a ese país, a Europa y cuya influencia llegó hasta a los entonces dominios españoles en América. Nos tenemos que remontar a fines del lejano siglo XVIII, cuando el mundo era muy distinto al que conocemos hoy. En los capítulos que siguen, te contaremos aventuras, intrigas y rebeliones, descubrirás personajes inolvidables como el rey Luis XVI y su esposa la famosa María Antonieta, líderes revolucionarios como Robespierre, Marat y Dantón, y el gran heredero de todo este proceso, nada menos que Napoleón Bonaparte, el futuro gran conquistador de Europa.

Nada en el mundo fue igual después de esta revolución, que te presentamos como un cuento fascinante: el de la historia.

CAPÍTULO I

LO QUE SUCEDIÓ ANTES DE LA FAMOSA REVOLUCIÓN

Hubo un tiempo en que Europa fue gobernada por reyes que vivían rodeados de lujos y riquezas, que habitaban inmensos palacios y eran dueños de infinitas tierras. Esos reyes determinaban a su criterio los destinos de esos países, gozando de un sinfín de privilegios, y acumulaban tanto poder que nadie se animaba a cuestionarlos. Así se vivía durante la llamada Edad Media.

Pero, en algún momento, eso cambió. Todo pasó a ser discutido. El poder absoluto e incuestionable, esos privilegios únicos, la misma figura del rey y de sus aliados, como también la idea de Dios. Y, si hubo un hecho histórico que facilitó ese cuestionamiento, ese fue la Revolución Francesa. El famoso 14 de julio de 1789.

¿Y por qué se le llamó Revolución? Justamente porque ese 14 de julio de 1789, el pueblo ganó las calles, se hizo escuchar y conquistó un lugar. Y desde ese día, todo cambió, primero en Francia y luego en el mundo. Tanto los reyes como otros gobernantes debieron prestar atención al pueblo, a la sociedad movilizada. La Revolución Francesa concentró la atención de todo el mundo, difundiendo sus valores por todos los rincones del planeta.

Desde ese 14 de julio de 1789 todo fue distinto. Y eso veremos en las próximas páginas. Vamos a contar la historia de la Revolución Francesa, sus causas y, sobre todo, sus consecuencias...

Los únicos privilegiados eran los reyes

Veamos cómo vivían esas sociedades europeas, antes de ese año 1789. Comenzaremos por el sector privilegiado, los que no pagaban impuestos y casi siempre no trabajaban. ¿Quiénes eran estos privilegiados? Primero estaban los reyes y su familia, ubicados en la escala más alta de la sociedad.

Pero los reyes de Europa no eran los únicos privilegiados, no estaban solos. Se rodeaban de hombres y mujeres que gozaban de los mismos privilegios: la nobleza y la Iglesia.

Pero... ¿cuáles eran esos privilegios? ¡Eran muchísimos!
Los necesarios para vivir sin problema alguno. Y cuando se dice muchísimos es que eran realmente muchos. Por un lado, en sus palacios contaban con la mayor riqueza de una persona en esas regiones y que en esos años se podía tener. Poseían amplias propiedades y, lo que ellos querían, lo conseguían. Bueno, en verdad, no todo podían conseguir. Sí, por ejemplo, obras de arte, objetos preciosos, alimentos exóticos, música y bebidas a toda hora del día. La mayoría de ellos vivía sin trabajar y, además, sobre todas las cosas, no pagaban impuestos. Eso valía para los reyes, la familia de los reyes, la nobleza y el clero. De allí salió la famosa frase, “vivir como un rey”. ¡Y así tal cual era!

En esa Europa de la que hablamos, el rey era la máxima autoridad, acompañado del clero, es decir la Iglesia, y la nobleza. Toda esa estructura conformaba la Europa medieval que se prolongó en ese continente durante, por lo menos, diez siglos. ¡Más de diez siglos viviendo de esa manera! No es poco tiempo.

Ahora veamos los otros sectores de la sociedad que vivían con privilegios: el clero y la nobleza.

El clero

La Iglesia, también llamada clero, se encontraba muy cerca del rey y su entorno. La Iglesia justificaba y sostenía la autoridad del monarca. Pero, además, cumplía ciertas funciones que, tiempo después, siglos después, ocuparía el Estado moderno. ¿Cuáles eran esas funciones? Por ejemplo, se ocupaba de la educación, la justicia, el registro de nacimientos y muertes de las personas. Las universidades también estaban bajo la custodia de la Iglesia, aunque sólo una escasa minoría podía estudiar. En la mayoría de los países europeos, entre el ochenta y el noventa por ciento de la población era analfabeta, es decir, no sabía ni leer ni escribir.

También la administración de la justicia estaba en manos de la Iglesia. La llamada justicia divina. Queda claro, entonces, que el poder del rey y su entorno dependía de la Iglesia. Y viceversa. La Revolución Francesa primero cuestionó y, luego, obviamente, modificó esta situación. Por eso, también, fue una auténtica Revolución.

La nobleza

Hablamos del rey, hablamos del clero y falta definir a la nobleza, el otro sector privilegiado de las sociedades europeas.

Los nobles eran nobles porque pertenecían a familias célebres, de orígenes muy antiguos y por eso gozaban de privilegios. En muchos casos, pertenecían a la familia del rey, o de algún rey de otro país europeo. Sus orígenes se remontaban a la Edad Media, relacionados con otras familias reales, lo que les permitía prolongar su linaje por siglos. Y aunque hubiesen tenido un parentesco lejano, con sólo pertenecer a una de esas familias, ya gozaban de privilegios.

¿Recordamos cuáles eran los privilegios de la nobleza? Por un lado, no pagaban impuestos ni tributos y eran propietarios de extensísimas tierras. Y muchos de ellos, además, tenían negocios comerciales. ¡Vivían como reyes!

Mientras los miembros de la nobleza, sólo por llevar sangre noble, tenían una vida comodísima, los campesinos, artesanos y comerciantes pagaban sus impuestos para mantenerlos. ¿Podía durar mucho una sociedad organizada de esa manera? Ya veremos.

¿Y cómo era el resto de la sociedad?

Pero, ¿quiénes mantenían a los reyes, a la Iglesia y a la nobleza? Allí estaba la clave de ese sistema tan particular que dominó Europa durante más de diez siglos. Sí, tal cual, diez siglos, casi mil años viviendo de esa manera. Esos privilegios se conseguían gracias a los tributos e impuestos que pagaba el resto de la sociedad. Es decir, alrededor del noventa por ciento de la población europea debía pagar los lujos de unos pocos.

La mayoría de la población estaba compuesta de campesinos, trabajadores de las ciudades, artesanos pobres y artesanos ricos, comerciantes pobres y comerciantes ricos. Todos ellos pagaban impuestos. Sólo los campesinos equivalían al ochenta por ciento del total de la población francesa. Y se calcula que para esos años, Francia tenía unos 23 millones de habitantes.

Había tres formas de impuestos: una, en especies, es decir pago en alimentos, productos textiles o artesanías. Otra, con trabajo,

los hombres y mujeres trabajaban en las propiedades de las clases acomodadas determinadas horas del día. Y la tercera forma de impuesto era en metálico, es decir en monedas.

De esa manera vivieron las sociedades europeas durante diez siglos, durante la Edad Media. Unos pocos viviendo con mucho y unos muchos viviendo con poco. Pero... ¿cómo soportaron tanto tiempo esta situación? ¿Cuándo terminó todo esto? Si de algo sirvió la Revolución Francesa fue para cuestionar toda esa realidad. Y en muchos casos, para modificarla definitivamente, como ya veremos.

En el nombre de Dios

La Revolución Francesa cambió los ideales de la sociedad, cuestionando y modificando el lugar que ocupaba la mayoría de la población y, sobre todo, el poder soberano del rey y su entorno. Pero sigamos repasando la forma en que vivían esas sociedades, como para entender por qué tanto fervor para cambiar las cosas.

Hay otra pregunta que queda pendiente: ¿cómo se justificaba tanto poder alrededor del rey, concentrado en una sola persona? ¿Quién lo elegía? ¿Cuándo dejaba el poder?

La creencia de esos años era que el rey, como máxima autoridad de una región o de un Estado, o a veces de un imperio, provenía de Dios. Era el representante de Dios en la tierra. Esa idea, en una sociedad con profundas creencias cristianas, resultaba una verdad.

Entonces, la autoridad del rey era designada de manera indirecta por el todopoderoso. Y dejaba el poder, obviamente, cuando moría. Muerto el rey, recién allí se terminaba su mandato. Y lo reemplazaba su primer hijo varón. Tal era así que en Francia, en 1643, se le otorgó el cargo de rey a Luis XIV con apenas cinco años. Claro que fue acompañado por algunos adultos que sabían algo más de cómo gobernar un Estado. ¿Y por qué? Justamente porque era el heredero directo del rey muerto. Todo quedaba en familia. En la familia real.

A esa forma de gobernar se la llamó "monarquía", y si bien había varios tipos, la que gobernó Francia hasta la Revolución fue una monarquía absoluta. Es decir, el Rey concentraba todo el poder y era acompañado por el clero y algunos miembros de la nobleza. La mayoría de la sociedad no opinaba ni votaba.

¿Alguien se animaba a cuestionar la autoridad política del rey, una autoridad que según la creencia de la época, provenía de Dios? Pocos. ¿Quién se animaba a dudar de las virtudes de la Iglesia para manejar asuntos tan importantes? Pocos. ¿Quién se animó a cuestionar los privilegios de personas que por sólo pertenecer a una familia noble podían vivir con todos los lujos posibles? Pocos.

Casi nadie se animaba a dudar de todas esas certezas. Pero a partir del siglo XVII, algunos osados pensadores comenzaron a explicar que eso no era justo, que esas sociedades debían cambiar. Esos pensadores eran filósofos, economistas, abogados, comerciantes. Todos ellos pertenecientes a la minoría que podía acceder a la educación. Ellos pusieron atención allí y hacia allí apuntaron sus críticas.

Una luz en el camino

Veinte años no es nada, dice el tango, y veinte años pueden ser pocos, pero no así... ¡diez siglos! Diez siglos viviendo dominados por una minoría rodeada de lujos y privilegios y una mayoría que la mantenía. Así fue que, en las universidades, jóvenes estudiantes comenzaron a pensar en otras formas de vida. Algunos comenzaron a mediados del siglo XVII, otros lanzaron sus ideas un poco más tarde.

A pesar de que las universidades eran administradas por la Iglesia, en esas mismas aulas surgieron nuevas ideas que pretendían modernizar la sociedad. Ese movimiento de ideas, pretenciosas y sobre todo novedosas, se llamó "Ilustración".

Vaya la paradoja, desde la oscuridad, a escondidas de las autoridades de las universidades, nació la Ilustración, también llamada "Iluminismo". Esas nuevas ideas pretendían una auténtica modernización en las formas de gobernar, una nueva mirada sobre el mundo y un nuevo funcionamiento económico. ¿De qué manera? Había una idea que unía a todos los pensadores de esta corriente , y era que el hombre debía valerse por sus propios esfuerzos y guiarse en base a sus propias decisiones. De esa manera, desafiaban la idea de que Dios debía regir cada uno de los actos del ser humano.

Esas ideas, además, también desafiaban la autoridad máxima del rey. ¿Por qué una sociedad no podía elegir cómo y a quiénes iban a gobernarla? Era la misma sociedad que debía elegir la forma de gobierno. Sin dudas, esas ideas planteaban desafíos que no resultaban fáciles de imponer. Y, a pesar de los riesgos que asumieron esos filósofos, sus ideas fueron expandiéndose, como una mancha de aceite, corrosiva y molesta para algunos.

Esos pensadores tenían nombre y apellido: Voltaire, Jean-Jacques Rousseau, el barón de Montesquieu, John Locke, Denis Diderot, Immanuel Kant, Adam Smith. Y siguen las firmas. Todos ellos, o casi todos, se concentraron en Francia, Gran Bretaña y Alemania. Y de allí, sus ideas recorrieron al mundo.

Casi ninguno pudo ver el proceso histórico que ellos mismos crearon, la realización de sus ideas. Muchos de ellos murieron antes de que estallara la Revolución Francesa. Porque, justamente, la Revolución Francesa, de alguna manera, tomó mucho de esos conceptos que estimulaban el cambio. ¿Qué cambio? Básicamente, recordemos, modificar la monarquía absoluta y sus particulares modos de conducir un gobierno.

Algo pasa en las ciudades

Hace mucho, pero mucho tiempo, que se dice que el poder enceguece al hombre. El poder causa las guerras, la codicia y los hechos más malvados que se puedan imaginar.

En Francia, la monarquía estaba cegada de poder, asfixiando a cada uno de los sectores de la sociedad con sus impuestos, y mostrándoles su vida lujosa. La familia que rodeaba al rey Luis XVI parecía indiferente al resto de la gente y gobernaba para continuar con sus privilegios. Recordemos que el sector privilegiado comprendía alrededor del cinco por ciento de la población, mientras que el ochenta por ciento eran campesinos obligados a pagar altos y rigurosos impuestos. El resto de los pobladores vivía en las ciudades, dedicados al comercio y a trabajos domésticos. Y también ellos pagaban impuestos.

Esa monarquía no parecía contemplar la posibilidad de un cambio. Ellos seguían gozando de sus privilegios, panza arriba y sin preocupaciones mayores. Pero las cosas estaban cambiando en Francia y en algunas regiones del mundo.

Y si algo había cambiado el paisaje del siglo XVIII fueron las ciudades. En París, Burdeos, Nantes, Marsella o Lyon, el crecimiento de la población fue una consecuencia del crecimiento comercial. Crecía el comercio y crecía la población. Así de simple. Ese sector, vinculado al comercio y a la producción local, fue llamado "burguesía", y será un protagonista fundamental para comprender lo sucedido en la Revolución Francesa.

El intercambio de productos que llegaban del exterior, de Gran Bretaña, Bélgica, España o Portugal, así como los productos que se hacían dentro del territorio francés, se incrementó y se concentró en las grandes ciudades. Ese sector comercial deseaba crecer y sabía que estaban dadas las condiciones en el mercado exterior.

Entonces, ¿cuál era la traba? Justamente, se encontraba dentro de Francia y era un obstáculo cotidiano: los altos impuestos que debían pagar y además, los límites que le imponían para emprender negocios con países extranjeros. El sector comercial no podía crecer como pretendía y así fue que se pasó al bando de los opositores. Pero también habría otros grupos que se irían sumando a la oposición a la monarquía.

El pan nuestro de cada día

La economía en Francia (y podríamos decir, la economía europea), dependía casi en su totalidad de lo que producía el campo. En la década de 1760, una serie de malas cosechas creó un panorama desolador en el país.

La caída de la producción rural afectaba al resto de la sociedad, sobre todo al escasear los alimentos imprescindibles como la harina, base de muchas comidas diarias. Pero, sin dudas, fue el campesinado el más afectado por las malas cosechas, debido a que la única forma de supervivencia era su propia producción.

Y, como siempre, la monarquía seguía su vida sin variaciones. En ningún momento se le ocurrió bajar los impuestos o cambiar las formas de cobrar tributo a los sectores más desprotegidos. Las malas cosechas no sensibilizaron al rey ni a su entorno. El siglo XVIII avanzaba y ya eran varios los sectores que mostraban su disgusto con la monarquía francesa. Muchos, y con un peso importante en la sociedad.

Y encima… la guerra

Ya dijimos que las guerras eran consecuencia de las ambiciones de poder. Por eso mismo, Francia participó en la guerra por la independencia de Estados Unidos.

Meter las narices en el país norteamericano le salió bastante caro a la monarquía francesa. Desde 1773, Estados Unidos había comenzado su lucha por liberarse de Gran Bretaña, país del cual era colonia. Teniendo en cuenta la histórica enemistad con Gran Bretaña, Francia no quiso desaprovechar la oportunidad y envío tropas a las que se les sumó una buena tanda de barcos. Si bien el principal objetivo se cumplió, con la definitiva independencia de Estados Unidos en 1783, la monarquía francesa gastó una gran cantidad de dinero en ese conflicto. ¿Y de dónde sacaría el dinero para recuperar esos gastos? Obviamente, de los impuestos que pagaría, por supuesto, la mayoría de la población.

Ese fue otro motivo para sumar nuevos opositores. Era claro que no se trataba de tiempos prósperos para una monarquía sorda y ciega a los problemas internos del país.

Un matrimonio muy particular

Antes del estallido y el fin de la monarquía francesa, veamos quién era ese rey tan indiferente, tan sordo y ciego al reclamo de la mayoría de la población que gobernaba.

Se trataba de Luis XVI, que tenía el mismo aspecto que los demás reyes europeos. Al menos como lo hemos conocido en las pinturas históricas que lo muestran con despampanantes ropas de lujosas telas, zapatos con taco y sus correspondientes medias blancas, la peluca de ese mismo color en su cabello y el bastón dorado que parecía sostener su cuerpo. Y en su mano izquierda, un sombrero negro tan lujoso como el resto de sus atuendos. Detrás de él, las columnas de un fastuoso palacio.

Un rey como los demás reyes europeos. Aunque, según dicen algunos, Luis XVI fue un mandatario especial, con una inteligencia única. Así es, se afirmaba que era un rey muy inteligente.

Incluso, cuando asumió, muchos pronosticaron que sería el responsable de renovar la monarquía. Pero justamente no pasó a la historia por su capacidad de adaptarse a los nuevos tiempos, ¡todo lo contrario! Fue el último rey que tuvo Francia, el mismo que muchos hombres y mujeres vieron colgado en plena plaza de la Revolución.

¿Y cómo era la reina? Se llamaba María Antonieta y era amante de la música y la pintura. Muy sensible a las expresiones artísticas pero igual de ciega a las necesidades de los franceses. En las pinturas de la época, se la veía frente a un piano o a un globo terráqueo, con una flor entre sus manos. Y siempre rodeada del lujo ampuloso de los palacios. Un matrimonio muy particular.

Pero conozcamos un poco más de Luis XVI.

Una novia para el rey

Luis XVI, como todo rey, creció y se crió en cuna de oro. Había nacido en 1754 con el nombre de Luis Augusto de Francia, en una familia vinculada con el resto de las monarquías europeas. Su padre pertenecía a la casa de los Borbones, familia con muchos vínculos en toda Europa, y su madre era la hija del rey de Polonia.

Su padre decidió trasladar al niño Luis al Palacio de Bellevue y le encomendó su educación al duque de La Vauguyon. En pocos años, Luis Augusto se volvió un joven estudioso, con conocimientos en diferentes áreas, instruido por diferentes profesores. Estaban formando a un auténtico monarca ilustrado, preparado para tomar las riendas de Francia una vez que le llegara el turno. Tenía los conocimientos suficientes, riqueza y llevaba un apellido ilustre. Le faltaba una compañía al joven Luis Augusto. Y de eso se encargarían los adultos.

La monarquía francesa decidió aliarse con la de Austria con la clara intención de frenar el avance expansivo de Rusia y debilitar a

Gran Bretaña, su archienemigo. Otra vez la obsesión de debilitar a los ingleses. Y de paso, conseguirle una novia al joven Luis Augusto.

Para sellar esa alianza monárquica, se comprometió a la archiduquesa María Antonieta para casarse con el futuro rey. Ella tenía 15 años, él apenas 16. El 16 de mayo de 1770 se consumó el nuevo matrimonio. Cuatro años después, serían los reyes de Francia. Una vida tan cómoda como rápida. A los veinte años, Luis Augusto se convertía en el rey Luis XVI. El famoso Luis XVI.

Lo que el rey olvidó hacer

Muchas expectativas se tejieron alrededor del nuevo rey. Su juventud, su talento, todo eso y mucho más, dieron lugar a la esperanza de que sería quien renovaría una monarquía desgastada.

Si bien sus primeras medidas parecían cumplir con esas expectativas, con el tiempo nada pareció haber cambiado demasiado. Los viejos monárquicos y el clero, con fuerte presencia alrededor del joven rey, impidieron llevar adelante esas reformas. Ni siquiera con la crisis que se avecinaba se animó a proponer las reformas tan esperadas.

Mientras, el descontento crecía en buena parte de Francia. A fines del siglo XVIII, los campesinos sufrían hambre, la burguesía sólo tenía un comercio limitado y aumentaba la miseria en los trabajadores de las ciudades. Además, las nuevas ideas estimulaban a los intelectuales a pensar sociedades más justas.

En poco tiempo, sectores muy diversos se habían reunido en torno a un mismo objetivo: reducir el poder de la monarquía.

Alguien debía tirar la primera piedra para dar rienda suelta a la revuelta. Y eso fue lo que hizo la burguesía, sobre todo la del sector de las ciudades vinculado al comercio. Esa primera piedra se lanzó contra la monarquía, que continuaba insensible, sorda y ciega a los problemas que tenía la mayoría de los franceses.

CAPÍTULO II
Y ESTALLÓ LA REVOLUCIÓN

Ya vimos la situación que vivía Europa en los años previos a 1789. Ahora, entonces, pasemos a detallar los días de la Revolución Francesa. Prepárense para leer sobre revueltas, golpes de Estado, cabezas rodando bajo guillotinas, una guerra europea y tantas otras cosas más. ¡No apto para impresionables!

Todo estalló una mañana del 14 de julio de 1789. Y en un lugar, la Bastilla, una cárcel del Estado en pleno corazón de París, tomada por los revolucionarios.

Desde ese día, el proceso de la Revolución se prolongó durante diez años, una década donde hubo gobiernos de corta duración y varios golpes de Estado; obispos y miembros de la nobleza y la monarquía expulsados de su país; un rey decapitado; muchos muertos y venganzas políticas. Ese proceso de diez años terminó con la llegada de Napoleón, luego de otro golpe militar. Más allá de la convulsión y las desprolijidades que atravesó el país durante ese tiempo, la Revolución significó el final de la Edad Moderna en Francia y el inicio de la Edad Contemporánea.

Los hombres y mujeres que formaron parte de este proceso posiblemente no fueron conscientes que estaban haciendo historia, de que cada barricada o cada protesta callejera sería un hecho único en la historia de la humanidad. Y fue así, la Revolución Francesa fue un hecho fundamental en la historia de Occidente.

El último intento del último rey

Volvamos a Luis XVI y a la crisis de fines del siglo XVIII.

Un gesto de lucidez le restaba a este rey ante una crisis que se hacía presente cada día y que, sin embargo, buena parte del gobierno francés parecía no percibir. Fue así que en mayo de 1789 el rey convocó a los Estados Generales. ¿Y qué eran los Estados Generales? Nada menos que asambleas en donde estarían representados los diferentes sectores de la sociedad, tanto las clases altas como los sectores más humildes.

¿Y qué se decidía en los Estados Generales? Allí se podían debatir diferentes medidas que, supuestamente, debían favorecer a toda la sociedad. Una manera de limitar el poder real

Sin dudas, era todo un gesto de la monarquía francesa. Sobre todo porque desde ¡1614! no se convocaban los Estados Generales. Un resto de lucidez le quedaba a Luis XVI.

Esta convocatoria trajo una primera polémica: el valor que debía tener el voto de cada uno de los integrantes de la asamblea. La idea era democratizar la participación política. Por eso se pedía que el voto de todos y de cada uno de los integrantes valiera justamente uno, sin depender de su condición social, como ocurre actualmente en la mayoría de los países del mundo.

Esa fue la primera gran discusión. Y, por supuesto, las opiniones estaban divididas entre los viejos integrantes del gobierno, es decir, el clero y la monarquía y, en la vereda de enfrente, los nuevos miembros de la Asamblea, llamados por la clase alta como los "Comunes". Los Comunes formaban parte del 90% de la población francesa, los que vivían sin privilegios y que pagaban los impuestos y los tributos. Eran mayoría y comprendían a los trabajadores de las ciudades, los campesinos y la burguesía. Si algo caracterizó a ese sector fue la diversidad por lo que en consecuencia, tenían diferentes intereses.

Lo que le preocupaba al rey y a su entorno era la cantidad de estos nuevos integrantes, que superaban a la minoría privilegiada. Sabían que podían dominar los Estados Generales sin demasiados esfuerzos.

Llegaban tiempos nuevos y, a la vez, inciertos. La monarquía veía riesgos en esos cambios.

Cuando la mayoría se hizo mayoría

Y el 5 de mayo de 1789, finalmente, los Estados Generales se reunieron en asambleas por primera vez en la ciudad de Versalles, liderados en su mayoría por la burguesía. Es decir, los intelectuales y los sectores vinculados al comercio, los que podríamos llamar la clase media.

En esos recintos, desde ese 5 de mayo, se vieron otros rostros, otras vestimentas y otros intereses. Algo parecido a una auténtica participación democrática.

Sin embargo, a pesar de ser mayoría, el Tercer Estado, que así denominó al conjunto de los nuevos integrantes, no había logrado imponer una nueva forma de votación, es decir, que el voto de cada persona valiera uno, sin importar su condición social. Eso seguía siendo un tema de discusión. ¿Por qué la monarquía se negaba a una demanda tan justa? Porque hacía cálculos y sabía que perdería el poder dentro de la asamblea. El Tercer Estado, al tener la mayoría, podría imponer sus propuestas, sabiendo que ganaría ampliamente a la hora de contar los votos.

Crecía la tensión en los recintos de la Asamblea. Se percibía un ambiente tenso. Por un lado, los integrantes de la monarquía. Y del otro lado, el temido Tercer Estado.

Las reuniones continuaron y, al no encontrar puntos de coincidencia, el Tercer Estado convocó a una Asamblea Nacional, invitando también a los sectores privilegiados. La nueva convocatoria tenía fecha, el 20 de junio de 1789, y un lugar muy particular, una cancha de pelota.

¿Y por qué se definiría en una cancha de pelota? Ese lugar fue elegido luego de que la monarquía, como una reacción a esa convocatoria, cerrara las puertas al recinto donde habitualmente se reunía la Asamblea. La cancha donde la monarquía solía jugar a la pelota se convertiría en un sitio histórico y revolucionario. A nadie le preocupaba el rodar de un balón, pero estaba en juego nada más ni nada menos que el futuro de Francia.

Rueda el futuro de Francia

Y en esa cancha de pelota se gestaría la primera Constitución de Francia, cosas extrañas que tiene la historia.

Conocido como "El Juramento de la Pelota", el Tercer Estado se comprometió a redactar una Constitución. Querían concretar, de una vez por todas, los cambios políticos en el país, sin importar las consecuencias. Los intereses del Tercer Estado transitaban a contramano de la cómoda posición de la monarquía. Una comodidad que se tornaba cada vez más incómoda por esos días.

A la monarquía no le molestó que el Tercer Estado y sus seguidores ocuparan la cancha donde gozaban de uno de sus

tantos divertimentos. Su preocupación era que las nuevas propuestas parecían ser aceptadas por otros sectores de la sociedad.

A la convocatoria en la cancha de pelota se le sumaron miembros menores del clero y también cuarenta y siete miembros de la nobleza. El descontento que generaba la monarquía ya no provenía sólo del Tercer Estado. El gobierno de Luis XVI estaba cada vez más acorralado. Había una gran tensión que aún no había llegado a enfrentamientos violentos. ¡Por ahora!

Para alivianar las tensiones, el rey convocó a una nueva Asamblea para el 9 de julio, en la que debían reunirse todos los sectores. Se la llamó "Asamblea Constituyente". Su intención, al principio, era solucionar los conflictos desde el debate. Eso parecía. Pero los rumores de que el rey estaba reclutando tropas en los alrededores de París y de Versalles se hicieron cada vez más fuertes. Esas tropas llegaban desde diferentes partes de Francia, en silencio, con la clara intención de reprimir a los revoltosos.

Las instancias del diálogo parecían agotarse. Por un lado, en las afueras de París las tropas del rey se concentraban para reprimir al pueblo. Y por otro, el Tercer Estado estaba decidido a redactar la tan ansiada Constitución. Todo se había precipitado en muy pocos días, el día se había vuelto noche y del diálogo se pasó a la violencia. El rey Luis XVI primero quiso resolver los conflictos de manera pacífica pero luego reunió a las tropas de diferentes rincones del país para reprimir.

Y aunque muchos advertían el estallido, no pudieron evitarlo. Así llegó el famoso 14 de julio de 1789, fecha inaugural de la Revolución Francesa.

La Bastilla, el lugar del estallido

El Tercer Estado, en principio había tenido la sana intención de redactar una Constitución, para que los cambios se encaminaran sin disparar una sola bala. Una intención frustrada y, por eso, luego tomaron la ofensiva para arremeter contra la Bastilla. Ésta era una fortaleza construida en la Edad Media y que por decisión del cardenal Richelieu, en el siglo XVII, se convirtió en una cárcel. Durante mucho tiempo fue donde recluyeron a los presos que enviaba la monarquía de turno. Con el tiempo fue perdiendo su importancia y hacia fines del siglo XVIII ya quedaban allí pocos reclusos. Ese resultó ser el lugar elegido por los revolucionarios el 14 de julio de 1789. El inicio de la Revolución Francesa, el principio del fin de la monarquía, el comienzo de la Edad Moderna.

No importó que la cárcel estuviese custodiada por soldados y algunos veteranos de guerra, armados con cañones y armas. Se tomó la Bastilla. El combate duró cuatro horas y culminó con cien muertos y más de setenta heridos. Uno de los muertos fue el gobernador de la prisión, el marqués Bernard de Launay, ajusticiado por los revolucionarios. La cárcel, por la que habían pasado tantos prisioneros de la monarquía, ahora estaba bajo el control de los opositores a ese régimen. Un verdadero símbolo de los nuevos tiempos.

Desde ese día y durante las próximas semanas, la muerte sería algo cotidiano en las calles parisinas. Como ocurrió con el alcalde de París, Jacques de Flesselles, asesinado por traidor. Su cabeza fue exhibida en una plaza de la ciudad, por varios días y noches. Una modalidad que se repetiría en Francia y también en otros países, en otros siglos y en otras guerras. Uno de los tantos legados que dejó la Revolución.

Un gran miedo recorre Francia

Al tomar la Bastilla, los revolucionarios se hicieron de una importante cantidad de armas. El acontecimiento, en pocos días, conmovió a toda Europa. Francia estaba en el centro de los comentarios de buena parte del mundo occidental. Y con la misma rapidez, la noticia llegó al interior del país.

El descontento con la monarquía se vio reflejado en reacciones tan crueles como varios asesinatos y, también, en la quema de símbolos feudales, actos igual de violentos. En algunas zonas rurales, los campesinos quemaron títulos de servidumbre así como también fueron atacados castillos y palacios, que representaban la ostentación de la nobleza.

El clima de violencia iría en ascenso durante los próximos días, todo acto contra la monarquía estaba habilitado. Esas primeras jornadas revolucionarias se conocieron como el "Gran Miedo". Y nadie podía intuir cuáles serían sus alcances.

Las zonas rurales parecían difíciles de controlar una vez que el movimiento revolucionario se puso en marcha. Por eso, en las grandes ciudades, los mismos revolucionarios intentaron ordenar las cosas como para que no se descontrolara la situación. La Asamblea, en reuniones maratónicas, intentó controlar a los sectores populares.

Por su lado, el rey y su entorno se recluyeron sigilosamente, atentos a los sucesos de París y de las provincias. La Guardia Nacional, algo parecido al ejército del país, pasó a ser comandada por el marqués de La Fayette, un miembro de la aristocracia y veterano de la guerra de la independencia de Estados Unidos. Un militar que, a la vez sabía de derecho y filosofía. La Fayette representaba a una parte de la nobleza descontenta con el gobierno monárquico, que si bien gozaba de privilegios y no pagaba impuestos, promovía la necesidad de cambios en las formas autoritarias de gobernar. Así como La Fayette, muchos fueron los miembros de la nobleza que se sumaron a la revolución.

Jean-Sylvain Bailly era un científico francés y afamado profesor universitario, que a su vez había sido el primer presidente de la Asamblea Nacional. Luego del 14 de julio de 1789 fue designado alcalde de París. Abandonó sus estudios sobre el cometa Halley y el planeta Júpiter para asumir cargos políticos. Las nuevas autoridades provenían de diferentes clases sociales. De la burguesía, de los campesinos, de los comerciantes ricos y de los no tan ricos, de la nobleza disgustada con Luis XVI. Un indicio de la diversidad que caracterizó al movimiento revolucionario.

CAPÍTULO III

La Revolución comenzó a rodar

Había llegado el momento de poner en práctica las reformas planteadas y tanto tiempo postergadas.

Una de las primeras medidas respondió, justamente, a una de las reformas tan pedidas. En pocas horas, se borraron de un plumazo los privilegios de la nobleza y del clero. El 4 de agosto de 1789, la Asamblea eliminaba las servidumbres personales y los tributos que se pagaban en todo el suelo francés. De esa manera, se instauraba la igualdad de derechos, una demanda histórica en la Francia de la monarquía absoluta.

Varios de esos cambios fueron escritos en un documento que pasó a la historia como la primera declaración de igualdad. Se llamó "Declaración de los Derechos del Hombre y del Ciudadano", y fue firmada por la mayoría de la Asamblea el 26 de agosto de 1789. Estaba claramente pensada para la burguesía, esa clase media algo distanciada de los sectores más necesitados. Distanciada, por ejemplo, de los trabajadores pobres de las ciudades y de los campesinos.

Ese nuevo ciudadano francés, estaba en igualdad de condiciones ante la ley y podía ser elegido para cualquier cargo político. Pero, claramente, eran considerados "ciudadanos" los propietarios o quienes poseían una cantidad mínima de dinero.

Al principio, no hubo muchos cuestionamientos. Pero, ¿por qué se permitió esta nueva desigualdad? Muy simple, quien había liderado el movimiento revolucionario era la burguesía. Es decir, los productores ricos y los grandes comerciantes. Quedaban fuera los sectores pobres. Y también, las mujeres. Es importante aclarar que en esos años, la condición de ciudadana para la mujer era impensada, ni siquiera en las clases privilegiadas. Faltaría mucho tiempo para que se modificara esa situación.

Los dueños de la economía

Si la burguesía fue uno de los grupos más movilizados con la Revolución y supo ocupar las mayores bancas en la Asamblea, era lógico que las medidas buscaran favorecerla. Eso fue lo que sucedió.

Varias medidas de la Asamblea buscaban fomentar el desarrollo comercial. Por ejemplo, eliminó los monopolios comerciales y los privilegios para ciertos sectores de la economía, así como también liberó la circulación de productos dentro del territorio francés. El desarrollo de la economía dependía de la capacidad de la burguesía.

En el campo también hubo reformas importantes. La gran propiedad, a pesar de esas reformas, continuó concentrándose en la figura del terrateniente, es decir, en el propietario de grandes extensiones de tierra. Pero esos terratenientes ya no eran señores feudales con derecho a cobrar impuestos por el uso de su tierra.

Así el campesino, a su vez, pasó a ser un hombre libre, sin ningún tipo de atadura con algún propietario. Ahora se le pagaba por su trabajo y podía elegir dónde y en qué lugar hacerlo. Y hubo más reformas en el campo. Se liberaron los precios y los cultivos. La producción dependía exclusivamente de los productores y de los terratenientes, sin el castigo de los impuestos. Un alivio que no era poca cosa.

La iglesia también bajo la lupa revolucionaria

Sin embargo, la medida más polémica se desató al quitar a la Iglesia parte de sus propiedades. La idea era que comenzaran a producir las tierras que antes sólo eran aprovechadas por el clero. El decreto, de noviembre de 1789, no resultó fácil pero la decisión fue votada por unanimidad por la Asamblea. Y eran muchas esas propiedades. A cambio, el nuevo gobierno garantizaba financiar todos los gastos de la Iglesia.

Mientras tanto, Luis XVI seguía manteniendo el cargo de rey aunque había sido obligado a jurar fidelidad a la Asamblea. Sólo conservaba el control sobre sus ministros, mientras permanecía recluido en el Palacio de las Tullerías, junto a su familia y fuertemente custodiado. Claramente el rumbo del gobierno estaba en manos de la Asamblea, tanto las decisiones internas como también la política exterior.

El proceso revolucionario se había puesto en marcha y no había vuelta atrás. Lo que aún seguía sin definirse era qué sector, dentro del amplio movimiento revolucionario, tomaría la definitiva conducción. Bien podrían ser los más moderados, que pensaban que Luis XVI debía seguir siendo rey, con un poder limitado; o los más revolucionarios, que querían eliminar de Francia al rey y a toda la monarquía. Y esa sería la gran discusión de los días venideros.

Asoman los primeros conflictos

Ya había pasado medio año desde el estallido de la Revolución, 1790 había comenzado con cierta prosperidad. Fue una época de buenas cosechas, algo fundamental para una economía rural como esta. El nuevo gobierno había prohibido la exportación del trigo, es decir venderlo a otros países, porque era un producto esencial para la elaboración de los alimentos. La decisión buscaba reparar el hambre y la miseria, sobre todo en el campo. Si bien al sector productor de trigo no lo favorecía, la medida permitía su circulación dentro del territorio francés, para evitar el hambre sufrido años atrás.

El problema se concentraba en la inestabilidad política. La Asamblea era la autoridad indiscutida en toda Francia, pero a medida que avanzaba el tiempo sus diferencias internas se agudizaban. Por un lado estaban los moderados, quienes pretendían un diálogo con los referentes del Antiguo Régimen, es decir, no profundizar los cambios revolucionarios. Ellos mantenían una buena relación con la monarquía que integraba la Asamblea. Ese sector, en su mayoría, estaba representados por los girondinos. ¿Y quiénes eran estos girondinos? Nada menos que propietarios ricos y grandes comerciantes.

En el otro extremo, estaban los más radicalizados, quienes no pretendían ninguna negociación con la vieja monarquía y planteaban la destitución del rey y su posterior expulsión del país. Ese sector estaba concentrado en los jacobinos, alrededor de una figura predominante que era Maximiliano Robespierre, un joven y popular abogado. Cerca de los jacobinos estaban los cordeleros, un grupo fundado en abril de 1790 para sumarse a la causa de la Revolución. Algunos líderes cordeleros que tendrían un gran protagonismo en años posteriores fueron Georges-Jacques Danton, Jean Paul Marat y Jacques-René Herbert. Ese mismo grupo, en 1791, lanzó por primera vez el lema que identificó a la Revolución Francesa: Libertad, Igualdad y Fraternidad.

Estos líderes revolucionarios mantenían una buena relación con los sectores populares y más desprotegidos, como por ejemplo los *sans-culottes*, que reunían a los trabajadores de los barrios pobres de las ciudades. Esos revolucionarios contaban con un real apoyo del pueblo, teniendo capacidad de movilizarse y de mostrar su poder en las calles. Sus reuniones se concentraban en los clubes, espacios de debate fuera de la Asamblea y en donde se difundían y se debatían sus ideas. Los moderados y los integrantes de la monarquía les tenían un gran temor.

El funcionamiento de la Asamblea no resultaba nada fácil. Menos aún redactar la Constitución que diera un orden legal al nuevo gobierno. Un objetivo que se venía postergando desde su asunción. A pesar de las proclamas y los intentos, recién en septiembre de 1891 se logró redactar la primera Constitución de Francia.

Los viejos monárquicos, otra vez

Francia seguía sin constitución, mientras los debates internos seguían dividiendo a la Asamblea. Al mismo tiempo, los partidarios de la vieja monarquía se recluían en silencio, en las afueras de París. Crecían los rumores de una contrarrevolución.

Pero, a pesar de esto, la Asamblea seguía su rumbo. En julio de 1790 se redactó la Constitución del Clero, otro duro golpe contra el poder de la Iglesia. Se abolían sus privilegios y, por lo tanto, cada uno de los integrantes de la Iglesia pasaba a ser empleado del Estado. Era una manera evidente de hacer que dependieran del poder político. La nueva medida dividía, aún más, a la Asamblea y también al clero. Por un lado, estaban los obispos que juraban fidelidad al nuevo gobierno y, por otro, los que se sublevaron ante la nueva ordenanza.

Y en este clima de conflicto, la Asamblea se empeñó en redactar la tan ansiada Constitución. Y las discusiones crecían en un sector y otro. La Fayette, fue acusado por los revolucionarios de mantener reuniones secretas con el rey y la vieja monarquía. Ésta, a su vez, no le perdonaba a La Fayette su apoyo a la revolución. Lo mismo ocurrió con el diputado Mirabeu, un popular orador. Fue acusado por el sector revolucionario de mantener un contacto cotidiano con el rey, lo cual era cierto. Y por el entorno del monarca, Mirabeu fue señalado como sospechoso. Así era la vida cotidiana en la Asamblea. Más allá de los tropiezos y de los rumores de una ofensiva de la monarquía liderada por el propio rey, el gobierno revolucionario continuaba su rumbo.

El rey pillado

A todo esto, ¿dónde estaba el rey? Estaba claro que hacía un tiempo que ya no coincidía con el rumbo que había tomado la Asamblea.

En Varennes, un pueblo de la región de Lorena, el 20 de junio de 1791, el rey y su familia fueron descubiertos con la clara intención de huir del país. La idea era reunirse con los exiliados, todos ellos miembros de la vieja monarquía, y desde el exterior promover un golpe de Estado. Fuertemente custodiado, las tropas revolucionarios lo detuvieron y lo trasladaron a París. La mala jugada de Luis XVI generó que varios diputados y muchos revolucionarios pidieran su ajusticiamiento.

Una multitud recorrió las calles parisinas reclamando castigo para el rey. Y hablaban de un castigo duro. Uno de los agitadores fue Danton, miembro de los cordeleros. Este grupo proponía eliminar los restos de la monarquía del gobierno de Francia. Eran, junto a los jacobinos, los sectores más revolucionario del movimiento.

Y si la movilización era liderada por los cordeleros, un gran peligro corría el monarca. La muchedumbre se concentró en el Campo de Marte, el 17 de julio de 1791, clamando que lo ejecutaran.

El rey tiene sus defensores

Pero el rey tuvo su propio defensor. La Fayette, el jefe de la Guardia Nacional, que no tuvo mejor idea que mandar sus tropas a reprimir a los revoltosos que pedían el ajusticiamiento. Algo así como echar nafta al fuego. Durante un par de días, nuevamente París se vio movilizada y enfrentada, con un saldo de cincuenta muertos. Por decisión de La Fayette, se cerraron varios clubes políticos, donde se juntaban los sectores más revolucionarios y se encarcelaron sus líderes. Varios de ellos debieron irse del país, como Danton que se fugó a Inglaterra, otros pasaron a vivir en la clandestinidad, como Marat.

La ofensiva contrarrevolucionaria, que impulsaban los más cercanos al clero y a la vieja monarquía, había ganado la partida. Y bajo esa situación, el sector de los moderados encontró un contexto favorable para el debate de la Constitución.

Y un buen día, llegó la Constitución

Los líderes de los grupos revolucionarios estaban refugiados o fuera del país. El rey, en silencio y a la expectativa. Nunca existió un mejor panorama para que los girondinos echaran manos a la obra a la redacción de la primera Constitución de Francia, y eso ocurrió el 3 de septiembre de 1791. Y, como era de esperar, predominó la tendencia de los moderados. Por un lado, el rey no sólo continuaba en su cargo sino que lo designaron máxima autoridad del poder ejecutivo, con la posibilidad de vetar o anular las leyes. Un poder que, desde el estallido de la revolución, en julio de 1789, nunca había tenido. De esa manera, la nueva Asamblea compartía el poder político con el monarca, es decir le devolvía parte de su poder.

Además, otro de los artículos le otorgaba la posibilidad de voto sólo a un reducido porcentaje de ciudadanos a los que se les imponían muchas condiciones para concretarlo. El sufragio quedaba en manos de unos pocos.

Nacía así en Francia la monarquía constitucional, donde el rey compartía sus decisiones con un parlamento.

A dos años del estallido de la Revolución Francesa, se redactaba por primera vez una Constitución, que reglamentaba el funcionamiento político de la nación. La duda que rondaba en toda Francia y que recorría a los protagonistas de redactarla, era si acaso podía ordenar el futuro del país, de sanar las divisiones internas. ¿La Constitución podría unir a las diferentes fracciones políticas en pos de un único proyecto?

La respuesta estaba al alcance de la mano. La Constitución pudo redactarse gracias a que los jacobinos y cordeleros fueron perseguidos y detenidos. Es decir, muchos de ellos no participaron del debate. Esa primera Constitución de Francia, y una de las primeras del mundo, nacía fallida.

La izquierda y la derecha

Veamos cómo estaba organizada la Asamblea y así sabremos el origen de algunas palabras muy comunes en la política actual. Y, de paso, veremos cuál sería el futuro de la Revolución.

A la derecha de la sala donde funcionaba la Asamblea, estaban los moderados, los que mantenían un diálogo con la monarquía. Muchos de ellos representaban a la alta burguesía, comerciantes ricos que mantenían buenas relaciones con la nobleza. A ese sector, como

ya vimos, se lo llamó los girondinos y contaban con la mayoría de los legisladores.

A la izquierda se ubicaban los revolucionarios, que en esos años, luego de la represión de julio de 1791, eran un grupo reducido de legisladores que se mostraba disconforme con la mayoría de las decisiones de la Asamblea. Su anhelo era imponer el sufragio universal, para que cada habitante de Francia mayor de edad tuviese derecho a voto, sin importar su condición social ni cultural. Un anhelo que en la constitución de 1791 quedaba claramente postergado.

Y en el medio, estaban los independientes, que no se inclinaban por ninguno de los dos sectores predominantes. Digamos que siempre... ¡en el medio del fuego!

Este era el panorama político cuando se puso en marcha la primera Constitución. Detrás habían quedado centenares de muertos, exiliados y expulsados. Entonces, ¿qué futuro se podía esperar Francia?

En el futuro se podían vislumbrar muchos y mayores enfrentamientos.

Se inaugura la monarquía parlamentaria

La Asamblea, con la reciente Constitución, comenzó a sesionar. En ella, Luis XVI usó el derecho de veto más de una vez. Por ejemplo, cuando se decidió condenar con severidad a los integrantes de la monarquía que se habían ido del país al estallar la Revolución, acusados de enemigos de la nación. El rey vetó esa ley. La Asamblea también exigió al clero que declarara fidelidad y que se subordinara al Estado. Luis XVI, también en desacuerdo, esa ley vetó. Caprichoso había regresado el monarca.

Los dos vetos no hicieron otra cosa que encender las diferencias. La oposición revolucionaria, reunida de manera clandestina en los clubes políticos, retomó su ofensiva contra la monarquía. Una ofensiva muy agresiva de un movimiento que venía acumulando broncas contra del rey. Y ese grupo, que reunía a cordeleros y jacobinos, supo aprovechar la prensa para difundir sus ideas y propuestas.

Eran tiempos difíciles y además llegaban rumores de que Austria y Rusia se preparaban para invadir Francia. Recordemos que estos países eran dos monarquías absolutas, donde seguían vigentes las viejas formas monárquicas. Y por eso querían derrocar al gobierno francés. Una nueva guerra en Europa se aproximaba.

Disparos afuera, disparos adentro

En abril de 1792, un grupo de soldados llegaron a París desde la ciudad de Marsella, para sumarse al ejército que luchaba contra Austria. Entonaban una canción emotiva, compuesta por un tal Rouget de Lisle. Sus estrofas tuvieron tanta aceptación que en breve recorrieron toda Francia y luego, el 14 de julio de 1795, se convirtieron en el himno nacional, conocido como *La Marsellesa*.

En abril, finalmente se desató la guerra tan anunciada. Apenas se supo que los ejércitos de Austria y Rusia se habían unido para invadir el país, la Asamblea sesionó y declaró la guerra, con los votos de una amplia mayoría.

En conflicto también fue apoyado por los sectores populares, que se volcaron a la calles expresando sus ideas sin demasiados límites. Así, acusaron a la reina María Antonieta de ser una enemiga y traidora. ¿Por qué? La esposa de Luis XVI había nacido en Austria, y descendía de los reyes de ese país. En las calles se la llamó despectivamente “La austríaca”.

Por otra parte, la guerra demandó una gran cantidad de dinero para su financiamiento. Esos gastos, en breve, se hicieron notar,

justamente, en los sectores más pobres. El conflicto se prolongó y Francia no podía imponerse al enemigo. El ejército francés estaba compuesto por restos del viejo ejército monárquico, pequeño e ineficaz. Es por eso, que se había sumado una gran cantidad de voluntarios dispuestos a defender el país, sobre todo para evitar el regreso de la monarquía absoluta. Pero la guerra no terminaba y la crisis económica crecía, tanto o más que el malestar social hacia el rey y su familia.

El 10 de agosto de 1792, los sectores más rebeldes se movilizaron al corazón de París, más precisamente al Palacio de las Tullerías, donde estaba alojada la familia real.

Al poco tiempo fueron detenidos, acusados de traición. La violencia, nuevamente, recorría las calles de París, en este caso estimulada por las clases populares. Y fue así que la Asamblea se vio obligada a convocar a elecciones para elegir un nuevo cuerpo de legisladores.

Pero no sería una elección más, en esta oportunidad el sector revolucionario estaba presente en cada acto, en cada decisión a tomar. Había recuperado un lugar gracias a la presión del pueblo en las calles.

Nace la República

Las elecciones se celebraron pronto y el nuevo cuerpo legislativo, antes llamado Asamblea, pasó a denominarse “Convención”. Los girondinos volvían a ser la fracción dominante pero, en este caso, bajo la mirada atenta y controladora de los sectores revolucionarios.

La medida inmediata y más importante fue que se eliminó la monarquía y Francia se convirtió en una República. No existía más un rey ni títulos de nobleza. En unas semanas, Luis XVI se quedó sin corona ni privilegios y el país era conducido por un nuevo cuerpo legislativo: la Convención.

Y el grupo revolucionario se hizo notar en otras resoluciones. Se creó un nuevo calendario, donde el año 1 sería el de 1792. Es decir, se inauguraba una nueva era en la historia del país. El conteo de los años comenzaba con la nueva República.

Todo podía pasar en Francia. Mientras tanto, continuaba la guerra contra Austria y Rusia. En Valmy, al norte del país, el 20 de septiembre de 1792 las tropas francesas derrotaron al ejército enemigo. El jefe de ese ejército era Charles François Dumouriez. Los soldados victoriosos pertenecían a diferentes lugares del país. Había campesinos, trabajadores de las ciudades, artesanos. La victoria resultó una hazaña y, a la vez, fundamental para cuidar al nuevo gobierno republicano. La batalla de Valmy, en definitiva, fue fundamental para defender la Revolución Francesa.

Los campesinos y los trabajadores, muchos de ellos pertenecientes a la fracción de los *sans-culottes*, no sólo se habían movilizado a los frentes de batalla para sumarse al ejército, además seguían activos y atentos a las decisiones de la Convención. Y fueron ellos los que presionaron para condenar y ejecutar al rey.

Y así fue.

La cabeza del rey

El 20 de enero de 1792 Luis XVI fue ejecutado en la guillotina, por decisión de la Convención. En octubre de ese año, la reina María Antonieta seguiría el mismo destino: también fue guillotinada. Ambos eran acusados de conspirar contra el gobierno republicano. El matrimonio real, que tantas esperanzas había provocado en el entorno monárquico, no existía más.

Luis XVI, formado y criado para ser un rey diferente, con la capacidad de renovar la monarquía y ser comprensivo con los tiempos nuevos, era decapitado a los treinta y nueve años. Quedó en la historia como el último rey de Francia.

El país vivía días agitados y la guerra continuaba con final incierto. Gran Bretaña, España y Holanda se habían unido a Austria y Rusia para destruir a la República de Francia. Y gracias a esa alianza, Austria recuperó Bélgica, por lo que la invasión era una posibilidad concreta.

Mientras tanto, en el interior del país, los sectores populares continuaban movilizados. El asesinato del rey, funcionó como un incentivo para continuar reclamando en las calles. La fracción revolucionaria de la Convención, es decir jacobinos y cordeleros, contemplaron esa situación y se aliaron con los *sans-culottes*. Y la ofensiva sería contra los girondinos.

Llegaba otro cambio abrupto dentro del proceso de la Revolución Francesa. Era el tiempo de la fracción revolucionaria, el turno de los jacobinos.

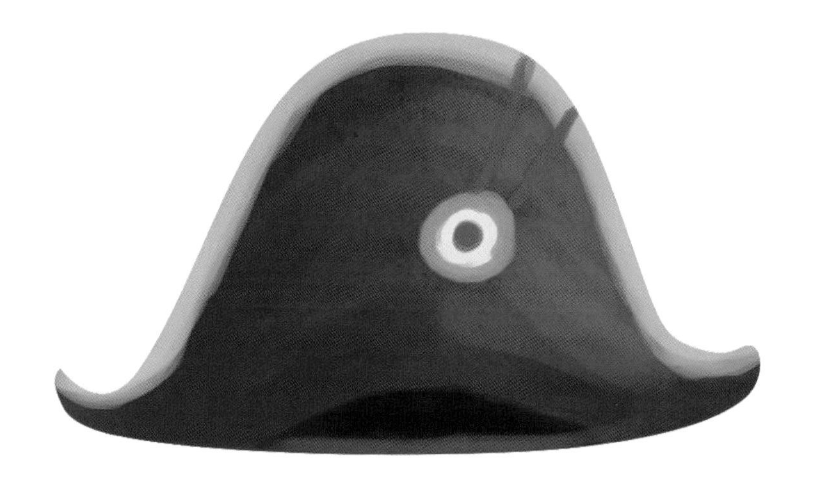

CAPÍTULO IV

LOS JACOBINOS TIENEN LA PALABRA

Desde el estallido del proceso revolucionario, la Asamblea fue dominada casi siempre por los girondinos. Era cuando el rey había regresado para recuperar algo de poder. Lo mismo ocurría con algunos sectores conservadores, aunque ahora ya no gozaban de sus privilegios. Esto decidió a los sectores más revolucionarios a tomar las riendas de la Revolución. Y en el año 1793 les llegó su turno.

Robespierre, el gran orador

Arrás es una localidad al norte de Francia, perteneciente a la región de Picardía. Allí nació Maximiliano Robespierre, el 6 de mayo de 1758. Una vez que se recibió de abogado, fue un activo defensor de los sectores más desprotegidos en su ciudad natal. A su desempeño como abogado se le sumó su trabajo como escritor, que lo convirtió en una personalidad notable y conocida en las principales ciudades de Francia. A pesar de su juventud, en 1789 fue nombrado diputado de la Asamblea General, apenas estalló la Revolución Francesa. En ese entonces, tenía treinta y un años y en breve se hizo célebre por sus discursos y oratoria. En muy poco tiempo se convertiría en una importante figura política de la Revolución Francesa.

Y así sucedió a pesar de su corta vida. Y también sucedió que, tiempo después, hubo quienes lo defendieron, mientras que otros lo atacaban y descalificaban.

¿Y por qué nos detenemos en la vida de Robespierre? Porque fue el principal referente de los jacobinos cuando ese sector llegó al poder, en 1793. Defendió sus ideas desde el primer día que estalló la Revolución y siempre mantuvo sus proyectos ante los diferentes cambios.

¿Y cómo llegaron los jacobinos al poder? Esto ocurrió por su alianza con los cordeleros y los *sans-culottes*, es decir los sectores populares que sufrían todas las crisis que se fueron sucediendo en el país. Los gastos de la guerra, ya dijimos, se hacían sentir en la población más pobre, por lo que crecía el descontento. El gobierno, por su parte, no atendía a esas necesidades y se hacía cada vez más antipopular.

Los jacobinos supieron aprovechar ese descontento, cuando en junio de 1793 se unieron con los cordeleros y los *sans-culottes* para desplazar a los girondinos de la Convención, como ya contamos antes. De esa manera, el gobierno francés quedaba en manos del sector más revolucionario.

Libertad, Igualdad, Fraternidad

Los jacobinos hacía rato que venían postergando una idea que había surgido de los cordeleros. ¿Cuál era esa idea? Oficializar los lemas de Libertad, Igualdad y Fraternidad. Y así procedió

Robespierre, haciendo imprimir esas tres palabras en documentos oficiales. Tres palabras que quedaron en la historia mundial.

La otra obsesión de los jacobinos era redactar una nueva Constitución, acorde a sus ideales. No podía ser de otra manera. Si bien respetaron varios de los artículos de la primera Constitución de 1791, agregaron otros, que respondían a sus viejas demandas. Dominaban el gobierno y actuaron en consecuencia.

Uno de los nuevos artículos consagraba el sufragio universal. Al fin el voto valdría para todos igual, sin importar la condición social. Una medida tan revolucionaria como única para el resto del mundo. Una medida que muchos años después, otros países imitarían.

La nueva Constitución también permitía el derecho a la insurrección del pueblo por causas dignas. Es decir, la sociedad podía salir a las calles en caso de que un gobierno atentara contra el propio pueblo. Otra medida revolucionaria que escandalizó tanto a los girondinos como a los monárquicos.

Aunque la energía con que se iniciaba el período jacobino era feroz, el gobierno no podía dejar de atender la guerra. Si permitían la invasión al país de las tropas extranjeras, todas las nuevas medidas desaparecerían y peligraría la República. Por eso, si bien la nueva constitución se redactó a pedido de las ideas del sector jacobino, recién se podría poner en vigencia una vez finalizada la guerra, es decir, en tiempos de paz.

Y mientras tanto...

El pueblo para el pueblo

Antes de seguir, es importante un breve repaso de los acontecimientos. Desde que estalló la Revolución, Francia tenía su segunda Constitución, un rey decapitado y varios cambios de gobierno. En la etapa jacobina se llevó adelante la guerra, hubo enfrentamientos internos y crisis económica, mientras la oposición estaba formada por los girondinos, los viejos monárquicos y gran parte del clero.

Pero volvamos a los jacobinos. El principal órgano de gobierno era el Comité de Salvación Pública, liderado por Maximiliano Robespierre, ese gran orador y líder. El verdadero poder se concentró alrededor de ese Comité, que era el que impartía justicia y controlaba a la policía.

En un escalafón inferior estaban los otros dirigentes que apoyaban a los jacobinos. Hablamos de los cordelero y los *sans-culottes*. Pero, sin dudas, el líder del nuevo gobierno era Robespierre.

Y fue desde el Comité de Salvación Pública que en septiembre de 1793 se adoptó un programa destinado a los sectores más pobres, para saciar el hambre y los problemas económicos. También se lanzó una lista de precios máximos y una distribución de alimentos para las regiones más necesitadas.

En el ejército, que continuaba en combate, el nuevo gobierno impulsó el ascenso de oficiales jóvenes para renovar las tropas y desplazar a los viejos militares vinculados al gobierno de Luis XVI. Uno de esos oficiales beneficiados con la medida fue Napoleón Bonaparte, protagonista de la historia de Francia unos años después. Pero, ya conoceremos un poco más de Napoleón más adelante.

Muchas de las medidas adoptadas buscaban asegurarse el apoyo de los sectores pobres del país. Pero no todos estaban conformes. En otros sectores de la población, esas mismas medidas tuvieron un amplio rechazo. Los monárquicos y el clero se vieron amenazados, ya que intuían una posible venganza de parte de los sectores pobres y revolucionarios. Así, otra vez, como en otros momentos de la Revolución, los enfrentamientos reaparecieron. Y así, otra vez, Francia se vio envuelta en disturbios y actos de violencia.

A la caza de los sospechosos

El gobierno jacobino intuyó un clima de conspiración en su contra. Y no estaban equivocados, ya que la oposición, si bien no se manifestaba de manera pública, conspiraba en secreto.

Por eso, luego de las medidas destinadas a los más desprotegidos, se comenzó a perseguir a los opositores de uno y otro bando. Comenzó la persecución política con el fin de que nadie conspirara contra el proyecto jacobino. Fueron detenidos políticos, comerciantes que escondían alimentos para esperar aumentos de precios, los religiosos que no aceptaban las reformas jacobinas, los empresarios que no respetaban los precios máximos. Y varios de esos opositores fueron asesinados. En el ejército, además de promover a los jóvenes oficiales, como vimos anteriormente, se dio de baja a los militares que habían defendido la monarquía.

Francia vivía tiempos violentos, además de la guerra contra Austria y Rusia, crecían los enfrentamientos entre el gobierno y sus opositores.

La persecución empañó la política a favor de los más necesitados. Incluso, algunos historiadores denominaron la etapa jacobina como la del Terror. En muchos libros la titularon de esa manera, olvidando las otras medidas revolucionarias, muy útiles para los sectores tantas veces olvidados y desprotegidos por los diferentes gobiernos. Y también no teniendo en cuenta las medidas económicas para incentivar la industria nacional.

Pero las persecuciones existieron, así como también las condenas a muerte. Se calcula que hubo unos diecisiete mil asesinatos en ese período. En algunos casos, las ejecuciones seguían órdenes del gobierno y en otros, respondieron a la iniciativa personal de ciertos grupos. Varios dirigentes oficialistas lanzaron campañas de venganza por su cuenta, contra los viejos monárquicos, el clero y los empresarios.

Todos estaban bajo sospecha y el clima de violencia se vivía a diario. Tal es así que los mismos jacobinos fueron víctimas de esos tiempos. Y pronto, llegó la venganza de los sectores opositores. Marat, líder de los cordeleros, fue asesinado en su propia casa. Un crimen que pudo haber ocurrido en cualquier película de terror.

La venganza de los sospechosos

Marat estaba en la bañera, tomando un baño de inmersión que lo aliviaba de su dolor de piel, cuando ingresó una mensajera. Sin embargo, la mujer no iba a entregarle ningún mensaje sino que le tenía preparado un puñal para matarlo. Lo atacó por la espalda y lo asesinó sin decir una palabra, en su propia bañera. Era el 13 de julio de 1793, a semanas de haber asumido el gobierno jacobino. El asesinato del líder de los cordeleros impactó al resto del gobierno. Y aportó otra cuota más de violencia al país.

Los cordeleros y sus aliados los *sans-culottes* no tardaron en reaccionar, buscando culpables. Quien tomó la iniciativa fue Jacques Herbert, dirigente de los cordeleros que encabezó la venganza contra monárquicos, girondinos y la iglesia. Se destruyeron símbolos y elementos de la religión católica y, en algunos casos, se guillotinó a curas y religiosos, acusándolos de conspiradores. Muchas veces, los símbolos religiosos eran reemplazados por la figura de Marat, que para ese entonces se había convertido en una suerte de semi-dios de los sectores pobres. De hecho, sus restos fueron llevados al Panteón de París. Aunque no por mucho tiempo, cuando cayó el gobierno jacobino retiraron su cuerpo de ese lugar.

La violencia no parecía tener fin, sino todo lo contrario. El Comité de Salvación Pública, por orden de Robespierre, acompañó esa

ofensiva contra los opositores. Todos estaban bajo sospecha, hasta ciertos grupos y dirigentes que adherían al gobierno. Por decreto, se redujo el poder de decisión de los comités, donde se concentraba la fuerza de los cordeleros y los *sans-culottes*. Una medida que traería consecuencias negativas.

Robespierre estaba cada vez más solo en el poder, hasta los *sans-culottes* comenzaron a distanciarse, viendo que el líder de los jacobinos sospechaba de todos y que casi no consultaba sus decisiones. Además comenzó a detener y condenar a viejos aliados. Por ejemplo, Danton, un fiel colaborador de Robespierre, que en marzo de 1794 fue arrestado por traidor. Y el 5 de abril fue guillotinado. Antes de morir, alcanzó a decir: "No os olvidéis, sobre todo no os olvidéis de mostrar mi cabeza al pueblo; merece la pena". Los opositores a Robespierre aumentaban de un lado y del otro.

Año revuelto, ganancia de girondinos

Ante los problemas internos del gobierno, los girondinos aprovecharon. ¿Y cómo actuaron? ¿Qué hicieron? Muy simple, comenzaron a movilizar a las asambleas contra Robespierre y su entorno. El gobierno jacobino tenía los días contados. Y todos lo sabían. Por eso, cuando el 27 de julio de 1794 los sectores populares, los mismos que tiempo atrás acompañaron y aceptaron las medidas del Comité de Salvación Pública, salieron a las calles, nadie se asombró. Los girondinos no tardaron en apoyar esas revueltas y, así, dieron fin al gobierno jacobino.

Lo que vino después fue otra ráfaga de venganzas, asesinatos y nuevas cabezas cortadas en la guillotina. En este caso, los condenados pertenecían al entorno de Robespierre, perseguidos por el amplio arco opositor a los jacobinos. En pocos días, los últimos fieles al líder y gran orador, cayeron en desgracia. De nuevo, Francia se ensangrentaba.

Llegaba el turno del Directorio. Otra vez, los sectores moderados tomaban el timón de la Revolución. Los girondinos volvían al gobierno, casi libre de opositores.

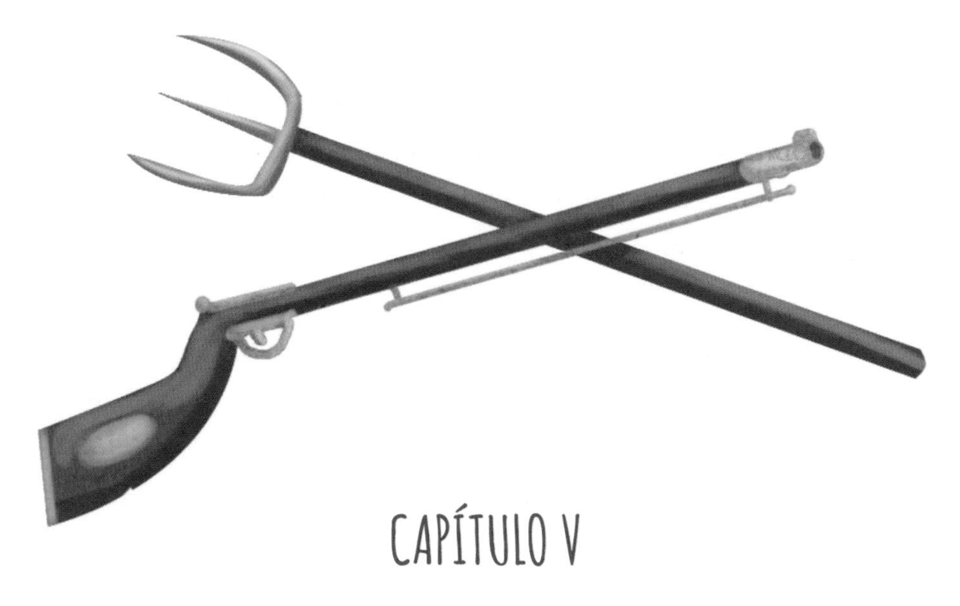

CAPÍTULO V

La Revolución, etapa final

El 26 de julio de 1794, Robespierre pronunció un discurso frente a un pequeño público, todos ellos fieles seguidores. Sería la última vez que hablaría en público. Días después, tropas militares que respondían a los girondinos, tomaron el gobierno a los tiros, dejando una importante cantidad de heridos. Entre ellos estaba Robespierre, que fue detenido. El 27 de julio era llevado a la plaza de la Revolución para ser guillotinado junto a veintiún colaboradores. Era el fin de la etapa jacobina. Así regresaron los girondinos para gobernar durante cinco años, durante los cuales el sector moderado de la Revolución tuvo el poder. Los jacobinos estaban completamente aislados, por eso el nuevo gobierno no tuvo mucha oposición, lo que no significó que no tuvieran otros obstáculos.

Cuando la noticia del nuevo gobierno llegó al exterior, varios partidarios de la monarquía, como también miembros del clero que estaban en el exilio, decidieron regresar al país. Sabían que ya no corrían peligro.

Con el regreso de los viejos monárquicos, y los girondinos nuevamente en el poder, comenzó la persecución a los jacobinos, a los cordeleros y a los *sans-culottes*. No sólo se quedaron sin lugar dentro de la Asamblea, sino que sus dirigentes fueron detenidos y sus clubes y lugares de reuniones clausurados. Claramente, la intención era evitar nuevas revueltas populares.

El control sobre las acciones políticas se volvió asfixiante. Toda reunión masiva caía bajo sospecha y era estrictamente vigilada. Otra vez, Francia tenía un nuevo gobierno. Otra vez, Francia estaba dividida y vivía un clima de violencia.

Una ayudita peligrosa

Mientras tanto, el gobierno buscaba su propio rumbo y descubría, de a poco, el crecimiento de un nuevo sector opositor. Se trataba de los viejos monárquicos que comenzaban a sumar fuerzas. Muchos de ellos regresaron con la ayuda del gobierno inglés. El histórico enemigo de Francia colaboraba en el regreso de los defensores de la monarquía. Sin dudas, había motivos para sospechar de semejante ayuda.

El nuevo gobierno debía atender varios frentes. Por un lado, anular la fuerza de los sectores populares para evitar nuevas revueltas, y ahora, vigilar a los sectores monárquicos. Con ese objetivo, recurrió al ejército para defenderse. Un gobierno frágil debía acudir a las armas para mantenerse en el poder.

La otra estrategia para fortalecer el gobierno sería una Constitución, una nueva que borrara los restos del sector jacobino y, sobre todo, para mostrar un marco legal. El año 1795 fue el elegido para la reforma constitucional. Se anunciaba la tercera constitución desde que había estallado la Revolución Francesa.

Y se va la tercera

La tercera Constitución borraba de un plumazo los ideales del sector jacobino. Su contenido claramente se ajustaba a los ideales de los moderados de la Revolución, es decir, de los girondinos y de los monárquicos constitucionales.

La primera medida que eliminó el nuevo gobierno fue el sufragio universal, volviendo los tiempos del voto restringido y selectivo. Quienes podían votar eran los propietarios, es decir los que pertenecían a las clases media y alta.

La flamante Constitución, además, determinaba una nueva forma de gobierno, llamado Directorio, que concentraba el poder. Ese Directorio estaba compuesto por cinco miembros elegidos por la cámara alta, no por la sociedad. Y los integrantes de la Asamblea tampoco eran elegidos directamente por el pueblo. La mayoría de la sociedad francesa quedaba sin participar, como en años anteriores.

Pero faltaba algo más. Por un decreto, que obviamente salió sin discutirse entre los diputados, el sector girondino se aseguraba el tercio de la cámara, es decir, se aseguraban la mayoría de sus integrantes. Y se convocó al ejército para que las armas custodiaran al nuevo gobierno de posibles peligros.

Llamada para Napoleón

Napoleón Bonaparte era un joven militar que apenas estalló la Revolución, se había sumado a la causa del lado de los jacobinos. Había nacido en Córcega, hoy una región de Italia, y en poco tiempo logró reconocimiento dentro del ejército debido a su desempeño en la guerra contra Austria y Rusia. En 1796, tenía un gran prestigio y, así, el gobierno de los girondinos decidió convocarlo para proteger a la República. Napoleón puso a disposición sus tropas para defender al nuevo régimen, especialmente ante las posibles conspiraciones de los monárquicos. Sin dudas, fue el gran sostén del Directorio.

Pocos recordaban sus simpatías por el sector jacobino. Napoleón se había convertido en un militar fiel al gobierno. Un personaje que, años después, sería un protagonista fundamental de Francia y de toda Europa. Mientras tanto, se limitaba a defender al Directorio. Y a pesar de la presencia de las tropas de Napoleón, que atemorizaba cualquier intento de conspiración o de golpe, hubo revueltas que sacudieron a toda Francia.

Babeuf, el primer comunista

Si había alguien que era claramente opuesto a la política del Directorio era François Babeuf, abogado con fuertes convicciones políticas. Con el estallado de la Revolución Francesa, Babeuf había elegido posicionarse del lado de los más desposeídos, muy cercano a los campesinos. Desde 1790 luchó por un reparto equitativo de las tierras entre el sector pobre del campo, y junto a ellos elevó varios pedidos a las diferentes asambleas. Básicamente, exigía que las propiedades del clero se repartieran entre los campesinos más pobres. Un auténtico luchador por la igualdad social.

Pero sus ideas no terminaban allí. Babeuf había elaborado un documento en donde exigía la abolición de la propiedad privada, es decir, que las propiedades estuviesen en mano de la población. En el ideal de Babeuf, nadie sería dueño de nada, era la comunidad la que debía administrar las tierras. ¿A qué se parecían sus ideas? Ni más ni menos que al comunismo, pero antes del comunismo.

La Conspiración de los Iguales

El 30 de noviembre de 1795, Babeuf hizo públicas sus ideas en el *Manifiesto de los plebeyos*, donde insistía con la idea de suprimir la propiedad privada para reemplazarla por una administración común de todas las tierras del país. En el artículo 7 de su manifiesto decía: "En una sociedad real no debe haber ni ricos ni pobres". Sin duda, sus ideales dejaron un legado que otros tomaron como propios. Por ejemplo, Karl Marx, creador del sistema comunista.

¿Había posibilidad de que sus ideas se llevaran a la práctica bajo el gobierno del Directorio? Imposible. El Directorio estaba dominado por un sector de propietarios y hombres ricos de Francia. Entonces, no había otra forma de imponer esas ideas si no era por medio de las rebeliones populares. Y así actuó.

La crisis económica aceleró las intenciones de Babeuf. De manera clandestina, a escondidas del gobierno, el 30 de marzo de 1796 se organizó el Comité de Insurrectos en doce distritos de París. Pero algún espía o algún traidor los denunció y el gobierno salió en busca de esos insurrectos. No les costó mucho hallarlos. Todos fueron detenidos en apenas dos semanas.

Mientras Babeuf y sus aliados continuaban detenidos, hubo rebeliones menores de los *sans-culottes* y los jacobinos en diferentes partes de París. Pero corrieron la misma suerte y todas esas revueltas fueron sofocadas. Más de cien rebeldes terminaron detenidos. El gobierno triunfaba sobre los intentos conspirativos. Centenares de rebeldes ocupaban las celdas de Francia.

El 20 de febrero de 1797 Babeuf y sus más fieles aliados fueron sentenciados a muerte. Fue guillotinado como tantos otros conspiradores. Así terminaba sus días uno de los primeros comunistas. Otro legado que dejó el proceso de la Revolución Francesa.

Y siguieron los problemas

El año 1799 resultó muy complicado para el Directorio. Todo comenzó con las elecciones para legisladores, en donde ganaron los jacobinos. Como surgidos de las cenizas, luego de detenciones y las prolongadas persecuciones, demostraron que todavía eran una fuerza poderosa. Con nuevos nombres y jóvenes dirigentes, el sector más revolucionario volvía a llenar de diputados la Asamblea, hasta logró tener la mayoría. La esperanza jacobina resurgía de forma inesperada.

¿Y qué pudo haber pasado dentro del gobierno? Un gobierno, recordemos, dominado por los girondinos. De inmediato, sin esperar ni un segundo, anularon las elecciones. ¡No dieron demasiadas explicaciones! No les resultaría fácil continuar gobernando con semejante medida. Y eso se notó al poco tiempo.

Además del disgusto que provocó esa medida, el gobierno debió afrontar una crisis financiera que parecía no tener solución. Otra vez, las deudas del Estado impagas cayeron, como siempre, sobre los sectores más pobres. Un gobierno débil, una situación económica sin solución y una fuerte presión de los sectores opositores. Un combo peligroso para el gobierno. Y encima, la guerra que continuaba. Nada parecía fácil para los girondinos.

Pasemos lista a los opositores. Jacobinos. ¿Motivos? Tenían ideas opuestas a los girondinos y además les habían prohibido el acceso a las nuevas bancas de diputados.

Monárquicos. ¿Motivos? El gobierno nunca les cedió el lugar que ellos pretendían una vez que habían caído los jacobinos, allá lejos y hace tiempo. Digamos que siempre esperaron un lugar privilegiado y nunca lo tuvieron.

El ejército. ¿Motivos? El gobierno les adeudaba pagos hacía tiempo y además, no contaban con los recursos necesarios para continuar la guerra.

Los sectores pobres. ¿Motivos? La crisis financiera caía sobre ellos por los bajos salarios, la falta de trabajo y de alimentos imprescindibles para subsistir.

El sector industrial y comercial. ¿Motivos? No veían con buenos ojos el rumbo del gobierno, la producción no aumentaba y no se conseguían nuevos mercados.

No estaban nada fácil la situación para el Directorio. En una soledad abrumadora, estaban al borde de un precipicio, haciendo falso equilibrio. Y, como era de esperar, en 1799 el gobierno cayó. Terminaba así el ciclo de la Revolución Francesa. Otra etapa comenzaba en el país.

Y un buen día llegó Napoleón

Veamos cómo cayó el Directorio. Se trató de un golpe de Estado dentro del mismo gobierno. Tres miembros (recordemos que eran cinco) se hicieron cargo sin pedir permiso a nadie, y de inmediato disolvieron la cámara de diputados. Rápidos y decididos, dieron luz a un nuevo gobierno provisorio, sin fecha de vencimiento. La incertidumbre en el país era total.

Pero alguien, desde las sombras, seguía todo los sucesos con suma atención. Tan atento estaba el hombre, que se mantuvo en silencio y sin opinar sobre el gobierno provisorio. Apenas lo aceptó, sin demasiado entusiasmo. Ese hombre contaba con el ejército de su lado. Ese hombre era militar y se llamaba Napoleón. Hacía tiempo que había vuelto de las campañas militares para atender los asuntos internos de Francia. Había regresado con muchas victorias, un prestigio incuestionable y unas tropas fieles. Pocos se animarían a cuestionarle algo.

Pero además, había regresado con un objetivo que muy pocos sabían: hacerse cargo del destino de Francia.

Si había algo que no le faltaba era inteligencia. Luego de avalar el nuevo gobierno, lo pensó como provisional. Es decir, un gobierno de paso y por un tiempo corto. La misma palabra que definía al gobierno también lo condicionaba: provisorio.

Y así fue que Napoleón convocó a sus tropas y rodeó el lugar donde se reunía la Asamblea. Estaba dispuesto a derrocar al gobierno que días antes había aceptado. La suerte estaba echada.

Napoleón, el líder

Siguiendo la tradición francesa, los nuevos gobiernos debían bautizarse con un nombre. Y así fue que al nuevo gobierno se le llamó "Consulado".

La primera frase que dijo Napoleón, una vez en el poder, fue: "La Revolución ha terminado". Y nada más cierto. Realmente se había terminado un ciclo en la historia de Francia. Un ciclo único que marcó un antes y un después en la historia de ese país y del mundo.

Comenzaba otro tiempo. Lo que muchos llamaron la época napoleónica, que se iniciaba esa misma tarde de noviembre de 1799. Esa nueva etapa tendría un protagonista excluyente, un actor principal en cada uno de esos actos. Y ese sería Napoleón.

CAPÍTULO VI

LO QUE DEJÓ LA REVOLUCIÓN FRANCESA

Ya pasaron más de doscientos años desde el estallido de la Revolución Francesa y se siguen escribiendo libros sobre ella. Y no solo los franceses, en todo el mundo se siguen debatiendo los alcances de la Revolución. Pero ¿por qué es tan importante? Muchos son los motivos.

Fue a partir de los hechos que se iniciaron en julio de 1789 que todo movimiento popular que irrumpió en un país para derrocar un gobierno, para pedir alguna demanda concreta, todo hecho social, económico o político que cambió el rumbo de una sociedad fue llamado "Revolución". ¿Algunos ejemplos? Revolución Industrial, Revolución de Mayo, Revolución Rusa. Y siguen las revoluciones.

Pero no sólo la palabra Revolución fue el legado de este hecho excepcional. Libertad, Igualdad y Fraternidad quedaron como ideales, en todo el mundo, para lograr una sociedad más justa, equitativa y soberana. Y cuando se dice todo el mundo, también nos referimos al continente americano. Fue tal el impacto que generó lo sucedido en Francia que, años después, las colonias que España tenía en América se independizaban tomando como ejemplo esos principios.

Por otra parte, ninguna monarquía de Europa gobernó de la misma manera luego de la Revolución Francesa. Si bien no todas tuvieron el mismo destino que Luis XVI y María Antonieta, sí advirtieron las posibles consecuencias que les esperaban en caso que el pueblo se sublevara. Por eso, la Revolución Francesa fue el primer paso para la consagración de la democracia, de una sociedad donde el pueblo, en su totalidad, se pueda expresar, pueda gobernar y, sobre todo, elegir a sus propios gobernantes. Y todo comenzó aquel histórico día del 14 de julio de 1789.

En un maravilloso cuento de la historia.

Índice

OTROS TÍTULOS DE ESTA COLECCIÓN

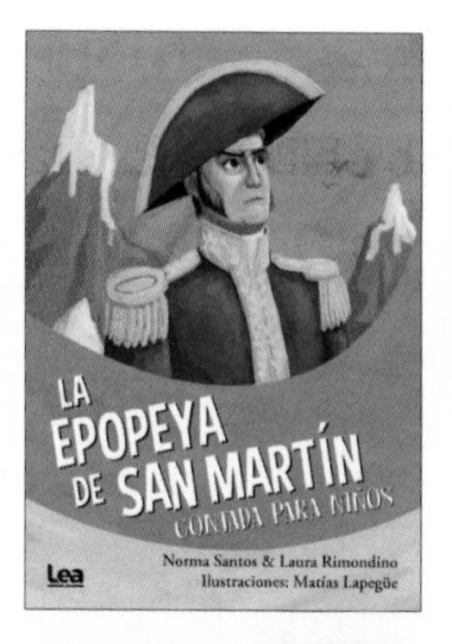

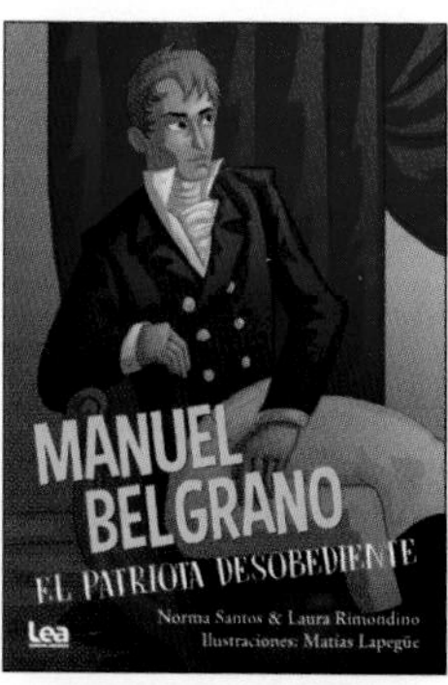

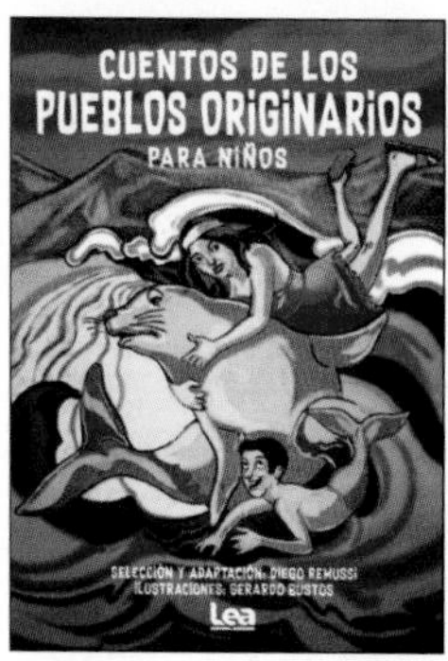

www.edicioneslea.com